ADAPTED BY / ADAPTADO POR Teresa Mlawer ILLUSTRATED BY / ILUSTRADO POR Olga Cuéllar

The Tortoise and the Hare
La liebre y la tortuga

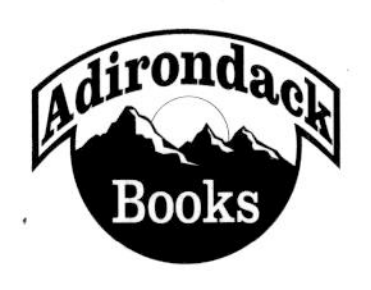

Once upon a time, there was a hare who boasted that he could run faster than anyone. He was always teasing the tortoise because she was too slow.

One sunny summer day, the tortoise was walking slowly along the forest enjoying the beautiful scenery.

Suddenly, the hare crossed her path, and making fun of her said, "What's the big rush?"

Había una vez una liebre que presumía de que podía correr más rápido que nadie. Se burlaba siempre de la tortuga porque era muy lenta.

Un día soleado de verano, la tortuga caminaba despacio por el bosque, disfrutando del bello paisaje.

De pronto, la liebre se le atravesó en el camino y burlándose de ella le dijo: «¿A dónde vas tan rápido?».

Upset by his comment, the tortoise said,

"Why do you make fun of me? No one doubts you are a fast runner, but the faster runner is not always the one who wins the race."

Molesta por su comentario, la tortuga le dijo:

«¿Por qué te burlas de mí? Nadie pone en duda que corres muy rápido, pero no siempre es el más veloz el que gana la carrera».

Upon hearing this, the hare started laughing.

"Who is going to beat me? You? That's really silly! There is no one who can beat me. I am the fastest runner in the world! I challenge you to a race."

The tortoise, annoyed at the hare's bragging, accepted the challenge.

Plans for the race were soon underway, and the race was set to take place at dawn the very next day.

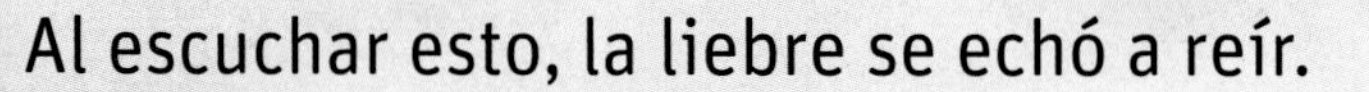

Al escuchar esto, la liebre se echó a reír.

«¿Quién me va a ganar? ¿Tú? ¡Vaya tontería! No hay quien pueda ganarme. ¡Soy el corredor más rápido del mundo! Te reto a una carrera».

La tortuga, enojada por la actitud de la liebre, aceptó el reto.

En seguida se hicieron los arreglos para la gran carrera que tendría lugar al amanecer del siguiente día.

The morning of the race, all the forest animals gathered at the starting line. Everyone thought that the hare would win, but secretly, they were rooting for the tortoise.

La mañana del día de la carrera todos los animales del bosque se reunieron en la línea de partida. Todos pensaban que la liebre ganaría, pero en realidad todos querían que ganara la tortuga.

At the agreed time, the duck, with a loud **QUACK-QUACK**, gave the signal to start the race. The hare began leaping and running very fast, while the tortoise plodded along.

A la hora indicada, el pato, con un fuerte CUAC-CUAC, dio la señal de partida. La liebre comenzó a correr dando brincos y saltos, mientras que la tortuga caminaba lentamente.

The hare was confident he was way ahead of the slow moving tortoise. But since he was still a little tired from getting up so early for the race, he decided it would be a good time to take a rest. He turned back to the tortoise and teasingly said,

“Take your time. I’m going to rest for a while and if you pass me, I’ll catch up with you in a minute.”

La liebre estaba segura de que le llevaba una buena ventaja a la lenta tortuga. Pero como estaba cansada por haber madrugado tanto para la carrera, decidió que era un buen momento para descansar. Se volteó hacia la tortuga y burlándose le dijo:

«Tómate tu tiempo. Voy a descansar un rato y si me pasas, en un minuto te alcanzaré».

When the hare woke up, he realized that he still had a good lead over the tortoise, who had barely covered a short distance.

Since the hare did not have breakfast that morning, he decided to stop and munch on some lettuce sprouts he saw growing on the side of the road.

Pero cuando la liebre se despertó, se dio cuenta de que todavía le llevaba ventaja a la tortuga, que apenas había recorrido un pequeño tramo.

Como la liebre no había desayunado esa mañana, decidió detenerse a comer unos brotes de lechuga que había visto a un lado del camino.

The hare felt sleepy after having too much to eat under the hot sun. After checking that he still had a lead over the tortoise, he decided to take a nap under the shadow of an oak tree.

In the meantime, the tortoise continued to advance slowly but surely. Tired but determined, she lifted her long neck and was happy to see that she was very close to the finish line.

La liebre sintió sueño después de haber comido mucho y por el fuerte sol. Después de comprobar que todavía le llevaba ventaja a la tortuga, decidió tomar una siesta a la sombra de un gran roble.

Mientras tanto, la tortuga seguía avanzando lentamente pero con paso seguro. Cansada pero resuelta, levantó su largo cuello y comprobó felizmente que le faltaba muy poco para llegar a la meta.

It was precisely at that moment, upon hearing the cheers from the crowd, that the hare woke up with a startle.

When he realized that the tortoise was very close to the finish line, he got up with a jolt and started jumping and running.

Fue precisamente en ese momento, al escuchar los gritos de la gente, que la liebre se despertó sobresaltada.

Al ver que la tortuga estaba muy cerca de la meta final, se levantó de un salto y echó a correr dando brincos.

Everyone was screaming, dancing, and clapping for the tortoise.

Todos gritaban, bailaban, y aplaudían a la tortuga.

Realizing that the hare was very close behind, the tortoise gave one last push, stretched her long neck as far as she could, and touched the finish line first. The tortoise had won the race!

The hare, exhausted, collapsed beside the happy tortoise. Even though the hare didn't win, he learned a good lesson: the faster runner is not always the one who wins the race.

La tortuga, al darse cuenta de que la liebre estaba muy cerca de ella, hizo un último esfuerzo, estiró su largo cuello lo más que pudo, y tocó la meta primero. ¡La tortuga había ganado la carrera!

La liebre, muy cansada, se dejó caer al lado de la feliz tortuga. Aunque la liebre no ganó, aprendió una buena lección: no siempre es el más veloz el que gana la carrera.

What lesson have we learned from this fable?

If you persevere and try your best you can succeed.

¿Qué lección hemos aprendido de esta fábula?

Con perseverancia y con esfuerzo se logra el éxito.

FOR INFORMATION, PLEASE CONTACT ADIRONDACK BOOKS, P.O. BOX 266, CANANDAIGUA, NEW YORK, 14424

ISBN 978-0-9864313-0-2 10 9 8 7 6 5 4 3 2 PRINTED IN CHINA